Le petit prince retrouvé

Du même auteur :

Contes du chat gris,
Boréal, Montréal, 1994.

Nouveaux contes du chat gris,
Boréal, Montréal, 1995.

La machine à laver hantée,
La vache volante, Gatineau, 1995.

Le chat gris raconte,
Boréal, Montréal, 1996.

Le vaisseau du désert,
Boréal, Montréal, 1996.

Un amour de framboisier,
Boréal, Montréal, 1996.

Le monstre de Saint-Pacôme,
Boréal, Montréal, 1996.

Dans une coquille de noix,
Boréal, Montréal, 1997.

La belle Lurette,
Boréal, Montréal, 1997.

Jean-Pierre Davidts

Le petit prince retrouvé

 Les Intouchables

Les Éditions des Intouchables bénéficient du soutien
financier de la SODEC et sont inscrites au Programme
de subvention globale du Conseil des Arts du Canada.

LES ÉDITIONS DES INTOUCHABLES
4649, rue Garnier
Montréal, Québec
H2J 3S6
Téléphone : (514) 992-7533
Télécopieur : (514) 529-7780

DISTRIBUTION : DIFFUSION DIMEDIA
539, boulevard Lebeau
Ville Saint-Laurent, Québec
H4N 1S2
Téléphone : (514) 336-3941
Télécopieur : (514) 331-3916

Impression : Marc Veilleux imprimeur inc.
Infographie : Hernan Viscasillas
Illustrations : Marie-Claude Favreau
Dépôt légal : 1997
Bibliothèque nationale du Québec
Bibliothèque nationale du Canada

ISBN 2-921775-38-7

À tous les petits princes de passage sur cette terre

Si alors un enfant vient à vous, s'il rit, s'il a des cheveux d'or, s'il ne répond pas quand on l'interroge, vous devinerez bien qui il est. Alors, soyez gentils! Ne me laissez pas tellement triste: écrivez-moi vite qu'il est revenu...

Antoine de Saint-Exupéry, *Le petit prince*

Monsieur de Saint-Exupéry,

Si je prends la plume pour vous écrire aujourd'hui, c'est qu'il m'est arrivé une bien étrange histoire.

À votre image, je me flatte d'être globe-trotter. Dans l'âme du moins, car si j'ai beaucoup voyagé dans ma vie, en réalité, j'ai rarement quitté ma chaise. Permettez-moi de m'expliquer.

On peut réaliser une foule de choses sans bouger de chez soi. Pour ma part, j'ai choisi de voyager. Armé d'un arsenal de cartes, d'atlas, de guides, de relations, de notes, je me suis fait un devoir de visiter chaque jour un coin différent de la Terre.

Ah! Les somptueux couchers de soleil de la mer des Célèbes, les draperies chatoyantes des aurores boréales de l'île Ellesmere, les vagues d'or immobiles des barkhanes sahariennes, les cyprières des bayous de Louisiane aux eaux grouillantes de vie... Que de souvenirs glanés dans les mémoires d'autrui ont embelli mes nuits, si ternes d'ordinaire.

Au fil de ces voyages par procuration, j'ai développé une affection particulière pour les destinations au nom exotique. Qu'il y règne une chaleur torride ou un froid polaire m'importe peu. Sans doute est-ce parce que chez moi, sur ma chaise, la température ne varie guère.

Je dois notamment vous avouer avoir un faible pour Kyaukpyu, sur la plaine côtière de l'Arakan birman. C'est un nom difficile à prononcer, qui racle la gorge, s'arrache au palais et bute sur les dents en écorchant la langue, et la réflexion m'est venue que l'endroit devait être plaisant à visiter. Je suis convaincu néanmoins que la ville accueille peu de touristes, et rarement. Les gens, voyez-vous, détestent les complications. Pareil nom les rebuterait. Ils n'oseraient le mentionner, de crainte de mal l'articuler et ainsi d'être tournés en dérision (même s'il ne tue plus, quoi que l'on prétende, le ridicule blesse toujours). Par orgueil, ils renonceront donc à s'y rendre.

D'ailleurs, pour m'en assurer, j'ai tenté une expérience. J'ai annoncé à mes amis :

— Je pars en voyage.

— Bravo, m'ont-ils répondu. Cela te fera du bien de t'aérer les poumons. Rester enfermé à longueur de journée n'est pas une vie. Et où vas-tu ? En Italie ? En Angleterre ? Dans les Antilles peut-être ?

— À Kyaukpyu.

L'expression sur leur visage changeait aussitôt.

— À Kia... euh... Quillo... Hum ! Oui, oui, il me semble en avoir entendu parler. Bel endroit, vraiment. Et comment va ta mère ?

Si je ne devais accomplir qu'un voyage dans ma courte existence, me suis-je donc dit, s'il y avait un seul lieu qui me ferait quitter ma chaise, ce serait celui-là. L'ennui, quand on ne se déplace pas sur carte, est que d'autres vous accompagnent. Sans être misanthrope, la proximité d'autrui m'incommode. En outre, dans l'intimité du foyer, il m'est loisible de séjourner aussi longtemps que je le désire à Kislovodsk ou à Södertalje. Mes compagnons de voyage pourraient ne pas vouloir m'imiter, ou préférer des localités plus anodines, au nom moins rébarbatif, tels Rome, Paris, Londres ou New York. La démocratie, pour ne pas dire les bonnes manières, exigerait que je cède aux vœux de la majorité.

Par conséquent, pour visiter Kyaukpyu en toute quiétude, l'idéal eût été pour moi de m'y rendre seul.

Entraîné à l'inconfort comme je l'étais grâce à ma chaise, je décidai de troquer le luxe tapageur des paquebots de croisière pour l'efficacité toute spartiate d'un banal cargo susceptible de m'amener plus rapidement à bon port.

À la lecture de ce qui précède, Monsieur de Saint-Exupéry, votre sang d'aviateur n'aura fait qu'un tour, je le sais. Pardonnez-moi, mais je ne tiens pas les plus lourds que l'air en grande estime. Vu de là-haut, le monde est si petit qu'on croirait voir se dérouler une carte et, plus souvent qu'autrement, le paysage se résume à un informe moutonnement de cimes nuageuses. Du concret — suivre l'eau et la terre au plus près dans leurs épousailles —, voilà ce que je voulais, moi.

Ma décision prise et mes valises bouclées, je ralliai le port le plus proche afin d'interroger les capitaines des navires qui y étaient amarrés.

— Allez-vous à Kyaukpyu ?

— Où ça ?

— À Kyaukpyu.

— Connais pas...

— Mauvaise toux, vous devriez vous faire soigner...

— Dites donc, soyez poli...

Le désespoir me gagnait.

J'arrivai à l'ultime bâtiment de la rade, un vétuste cargo à la coque charbonneuse saignant de rouille et à la quille hâve d'incrustations. Le nom *SKIPSKJELEN* sur la proue me parut de bon augure. J'en gravis hardiment la passerelle qui bringuebala sous l'effort inusité et partis à la recherche du capitaine, que je dénichai dans ses quartiers.

La barbe qui mangeait un visage creusé par la houle des ans et la vareuse bleu marine brodée d'ancres en faisaient un portrait craché du vieux loup de mer. Il sirotait, pipe au bec, un verre de rhum millésimé dont la couleur ambrée jetait des reflets de Caraïbes dans la prunelle de ses yeux outremer.

— Capitaine, attaquai-je d'emblée, j'aimerais aller à Kyaukpyu.

Il redressa la tête, me dévisagea avec curiosité. Un mince sourire repoussa le tapis d'algues noires qui fleurissaient ses joues.

— Kyaukpyu ? Pittoresque, bien qu'un peu calme à mon goût passé le couvre-feu. Bienvenue à bord, moussaillon.

Le lendemain, nous prenions le large. Quel merveilleux voyage ce fut, Monsieur de Saint-Exupéry !

Le capitaine et moi fraternisâmes sur-le-champ. Sous des abords bourrus, mon hôte cachait un cœur d'or et j'aurais pu l'écouter des jours entiers narrer les aventures qui l'avaient envoyé bourlinguer aux quatre coins du monde. Nous suivions tous deux quotidiennement la progression du navire. Lui, sur ses cartes d'amirauté couvertes de chiffres sibyllins; moi, sur les miennes, où se succédaient les noms aux consonances barbares : Badr Hûnayn, Râ's ash-Sharbithât, Srivardhan, Lakshadweep, Tiruvanantapuram, Chavakachchéri, Pariparit Kyûn...

À la tombée du jour, je le rejoignais dans sa cabine et nous devisions, auréolés des volutes bleues parfumées qui s'échappaient de sa pipe — en écume de mer, il va sans dire. Il se servait un verre de tord-boyaux qu'il éclusait gaillardement avant de s'en verser un second et reprenait ses récits rocambolesques en les ponctuant de mille jurons colorés. Il avait trouvé en moi l'écho des errances qui l'avaient emmené de pôle en antipode sur les sept mers et les quatre océans. Sa voix rocailleuse donnait magiquement vie aux noms si pittoresques qui émaillaient mes cartes et ses souvenirs teintaient mes atlas quadrichromes d'arc-en-ciel.

Puis, au lendemain d'un coucher de soleil grandiose dans la mer des Andaman, aquarelle céleste où se bousculaient les multiples nuances de l'ocre, du pourpre et de l'indigo, la mousson frappa.

Les éléments déchaînés malmenèrent le cargo dont la carcasse, tirée à hue et à dia, gémit toute la nuit. Ne mesurant pas le danger, j'enfilai un ciré sur mon pyjama et bravai la tempête dans un fracas orchestral de tôles battues et de vents rugissants, afin de gagner la dunette où le capitaine luttait vaillamment dans l'espoir de sauver son rafiot de l'engloutissement. Le malheur voulut que je glisse sur le pont briqué d'eau au moment où l'embarcation gîtait, si bien qu'une lame m'emporta par-dessus bord.

Piètre nageur, je ne dus la vie qu'à une épave sur laquelle j'eus la bonne fortune de refermer la main alors que j'étais sur le point de boire la grande tasse. De creux en crête, je m'a-grippai au bout de bois salvateur. Quand la mer s'apaisa enfin et que le ciel, purgé de sa lie, retrouva sa limpidité, je m'aperçus que j'avais échoué sur un îlot avec pour tout équipement la paire de pantoufles que j'avais chaussées. Force me fut d'admettre à cet instant que voyager autrement qu'en chaise comportait des désagréments.

C'était un îlot en mouchoir de poche, un simple bouquet de cocotiers plantés dans un tas de sable, nulle part, entre là et ailleurs, un grain de poussière vert sur le bleu infini de l'océan. En accomplir le tour ne me prit guère de temps. Par malheur, mon nouveau royaume ne celait aucun Vendredi susceptible d'inculquer le b.a.-ba de la vie insulaire à l'apprenti Robinson que j'étais. En son centre, par un caprice de la nature, une source jaillissait d'un amas de rochers et arrosait d'un glouglou facétieux un enchevêtrement d'essences tropicales aux fruits bigarrés. Je ne mourrais à tout le moins ni de soif, ni de faim.

Imaginez, Monsieur de Saint-Exupéry. Vous aviez fait naufrage dans une mer de sable, je m'étais enlisé dans un désert d'embruns. Quelle ironie !

Peu rompu comme je l'étais aux aléas du métier d'aventurier, je n'étais pas préparé à un tel revirement de situation.

Qui l'est jamais? rétorquerez-vous. J'en conviens. Cependant, quiconque a tant soit peu parcouru le monde devrait, en semblables circonstances, être mieux loti qu'un explorateur de salon de ma trempe.

Ignorant tout du comportement adéquat pour qui se voit placé en aussi fâcheuse posture, j'optai pour la solution la plus sage: rester coi et faire contre mauvaise fortune bon cœur jusqu'à ce qu'arrivent les secours. Si le Skipskjelen n'avait pas sombré — je ne possédais aucune preuve du contraire —, son capitaine accourrait à ma rescousse, ou alors, le sort me sourirait tôt ou tard et un bâtiment croiserait mon radeau de sable dans son sillage. Patience et optimisme sont les deux mamelles du naufragé.

Fort d'une telle certitude, je m'installai aussi confortablement qu'on puisse le faire sous un cocotier et l'épuisement m'emporta dans un sommeil sans rêves.

Combien de temps Morphée me garda-t-il dans ses bras? Je l'ignore. Une voix fluette me réveilla en demandant: «Es-tu un chasseur de tigre?»

La surprise me fit dresser sur mon séant et je le vis qui me dévisageait.

Dois-je vous le décrire, Monsieur de Saint-Exupéry? Vous le connaissez mieux que jamais je ne le saurai. Je préciserai simplement que sa tête avait la blondeur du blé en juillet, lorsqu'il s'est gorgé de l'or du soleil, et que son costume eût moins détonné entre les colonnes de marbre d'un palais que sur un lopin de sable baigné par les vagues de l'océan. À côté de lui, un mouton mastiquait placidement une feuille de palme, les yeux pleins de cette vacuité qui rend les membres de sa race imperméables aux tourments du monde qui les entoure.

Ma première pensée fut qu'un navire avait accosté à mon insu durant mon repos. Pourtant, c'est en vain que je regardai autour de moi, plissai les yeux, scrutai l'horizon. Je priai donc mon petit inconnu de m'indiquer où se trouvait l'embarcation qui l'avait déposé sur ma terre d'asile.

Il me contempla du haut de ses trois pommes, se bornant à répéter :

— Es-tu un chasseur de tigre ?

Le raisonnement des enfants emprunte parfois un chemin plus tortueux que celui d'un adulte. Brusquer le bambin en le pressant de répondre, me dis-je, n'aboutirait à rien. Si j'entrais dans son jeu, par contre, je me concilierais ses bonnes grâces et réussirais peut-être à savoir.

— Non, pris-je le parti de répliquer, je ne suis pas chasseur de tigre. Où sont tes parents ? Sont-ils restés à bord ?

Un profond soupir s'échappa de ses lèvres.

— Je suppose que tu n'en connais pas non plus?

— Malheureusement non. Ne devrions-nous pas retourner au bateau? Ta maman risque de s'inquiéter.

Aussi bien s'adresser au néant.

— Sais-tu s'il y a des chasseurs de tigre par ici?

Était-ce parce que je me trouvais au diable vauvert — sa version tropicale du moins —, en pyjama et pantoufles, et pas chez moi, installé à ma table de travail, à dépouiller paisiblement une carte? Toujours est-il que cette fixation sur les tigres et ceux qui les traquaient mettait ma patience à rude épreuve.

Pugnace, il s'entêta.

— Sais-tu s'il y a des chasseurs de tigre par ici?

— Non, m'enflammai-je, il n'y en a pas. Les chasseurs de tigre préfèrent les endroits où vivent les tigres et les tigres affectionnent les jungles inextricables, pas les îles d'une taille ridicule comme celle-ci!

— Chez moi, ce n'est pas la jungle, protesta-t-il, c'est tout petit et pourtant un tigre y habite.

Cette réflexion fit naître un doute dans mon esprit.

— Tu n'es pas arrivé en bateau, n'est-ce pas?

— En bateau! En voilà une drôle d'idée.

Il rit de bon cœur avant de reprendre d'un air grave :

— Si tu rencontrais un tigre, comment le chasserais- tu ?

De toute évidence, la question le taraudait et il n'aurait de cesse de la poser tant que je n'y mettrais pas bon ordre.

— Je ne sais pas, rétorquai-je d'un ton bourru. Je n'y ai jamais réfléchi.

Ma réponse parut le décevoir.

— C'est très embêtant.

Je renonçai à réclamer des explications et entrepris de résoudre moi-même le mystère de sa venue. Que diable, ce petit bout d'homme ne s'était pas matérialisé par l'opération du Saint-Esprit, encore moins accompagné d'un mouton !

Je refis le tour de l'île. En pure perte, car je n'y découvris pas plus de paquebot, que de yacht, goélette, chaloupe, youyou, canot, esquif. J'en conclus que la tempête qui m'avait drossé sur ce rivage oublié des dieux comptait d'autres victimes à son actif. Pareille épreuve aurait décontenancé le plus endurci des aventuriers. Sans doute fallait-il y voir la raison de ce discours incohérent où les tigres figuraient en si grande place.

Je soupirai à l'idée que la population de naufragés de l'île venait brusquement de doubler puis, tenaillé par la faim et la soif, je me dirigeai vers la source, le petit prince à ma remorque.

Bien que vos mémoires me fussent inconnus à l'époque, Monsieur de Saint-Exupéry, j'attribuai spontanément ce sobriquet à mon compagnon d'infortune car son accoutrement, son port altier, son langage châtié évoquaient un je-ne-sais-quoi de princier.

Le petit prince, donc, m'emboîta le pas à la façon dont les enfants perdus s'accrochent aux basques du premier venu lorsque celui-ci se donne la peine de les écouter et leur témoigne un brin de compassion.

Je m'en voulus de m'être emporté. Après tout, il n'était pour rien dans le drame qui nous rapprochait.

Un peu pour me faire pardonner, mais aussi par curiosité, je l'avoue, je relançai la conversation.

— Pourquoi veux-tu tuer un tigre?

— Le tuer? Mais je ne veux pas le tuer! Juste le chasser.

Je compris soudain que par «chasser», il entendait «s'en défaire». Avoir cru, fût-ce un instant, qu'un enfant pût souhaiter la mort d'un être vivant, eût-il la férocité d'un tigre, me fit monter la honte aux joues. Ma seule et piètre excuse était un travers d'adulte, cette propension à voir le mal partout, en particulier là où il n'existe pas.

Ma remarque inconsidérée l'avait désemparé à un point tel que je voulus faire amende honorable et avançai la première solution qui me traversa l'esprit.

— Pourquoi ne pas construire un piège?

— Un piège?

— Oui, tu pourrais creuser une fosse pour l'attraper.

— Oh non, se récria-t-il, ma planète est bien trop petite. Je risquerais de la percer.

Une planète! La précision me sidéra. Pourtant, elle avait été si spontanée, elle avait jailli si naturellement, qu'on concevait mal qu'elle procédât uniquement de l'imagination.

Que ce petit bonhomme ait surgi de l'espace avec un mouton me parut néanmoins abracadabrant. Formé à la logique cartésienne, mon esprit rejetait absolument cette éventualité. À ma décharge, Monsieur de Saint-Exupéry, je rappelle que la lecture de vos œuvres ne m'avait pas encore édifié sur le sujet.

Je refusai de pousser plus avant la conversation. Remarquant le bois que la tempête avait éparpillé autour de nous, l'idée me vint qu'en en rassemblant suffisamment, je pourrais faire un feu d'assez belle taille. À défaut d'allumettes, les verres de mes lunettes feraient une loupe honorable et, l'ardeur du soleil tropical aidant, ce serait bien le diable si je n'arrivais pas à embraser les débris. Des feuilles fraîches sur le brasier dégageraient une fumée noire et épaisse qui s'apercevrait de fort loin sur le plan liquide de l'océan et chatouillerait l'œil de la vigie à bord des navires hantant ces eaux. Compte tenu des maigres ressources à notre disposition et de mes connaissances rudimentaires dans l'art de la survie, je n'imaginais dans l'immédiat aucun autre moyen susceptible de hâter notre sauvetage.

Tandis que je m'affairais, une multitude de questions se bousculaient dans ma tête. D'où sortait cet étrange marmot? Qui était-il? Comment était-il arrivé ici? Et pourquoi se baladait-il avec un mouton? Autant d'énigmes que j'aurais aimé élucider. Par malheur, mon compagnon n'était guère loquace et éludait souvent mes interrogations en y substituant d'autres de son cru.

Il m'accompagna paisiblement dans mes va-et-vient, observant mes préparatifs d'un œil curieux quoique imperturbable jusqu'à ce que je saisisse la feuille basse d'un palmier et exerce une traction sur elle afin de la détacher du tronc.

— Pourquoi l'as-tu arrachée? s'emporta-t-il, le visage empourpré d'indignation.

— Couvert de feuilles vertes, expliquai-je patiemment, le feu fumera abondamment. Si la chance est de notre côté, quelqu'un apercevra le signal et nous secourra.

— Ce n'est pas une raison pour lui faire du mal.

— Ne sois pas bête. Les plantes ne sentent rien.

Il n'entendait pas s'en laisser conter ainsi.

— Sur ma planète, je connais une rose très sensible.

Je ne m'obstinai pas, raisonnant qu'il s'était bâti un univers où la rationalité des adultes faisait figure de proscrit.

— Ce n'est pas parce qu'on se tait qu'on ne souffre pas, insista-t-il.

Je méditai sur la sagesse de sa remarque.

Puis, il ajouta :

— Ma fleur a perdu une épine. Elle n'en a rien dit, mais cela lui a fait mal, je le sais. J'ai vu couler une larme au bout d'une de ses feuilles.

La curiosité l'emporta. J'interrompis mon travail et lui demandai pourquoi sa rose avait perdu une épine.

— Par orgueil.

L'intérêt que je portais à sa rose agit tel un sésame et le petit prince témoigna tout à coup d'une loquacité que ne laissait nullement présager le laconisme presque monacal dont il avait fait preuve jusqu'à présent.

C'est ainsi que j'appris l'histoire du tigre.

Je ne vous assommerai pas en décrivant la planète du petit prince, Monsieur de Saint-Exupéry, puisqu'elle ne vous est pas étrangère, loin de là. Qu'il me suffise de dire qu'un jour, un cirque y avait fait halte. Un cirque on ne peut plus ordinaire, avec son grand chapiteau, ses clowns, ses équilibristes et sa ménagerie. Oh! Il n'y était pas resté longtemps, car sur une planète aussi minuscule la place manquait pour accueillir tant de monde, dont un éléphant, un dromadaire, deux chevaux, trois otaries et un tigre.

Quand le directeur du cirque avait constaté qu'une seule personne — à demi-tarif de surcroît — applaudirait son spectacle, il s'était renfrogné, avait grommelé combien les temps étaient durs et préféré plier bagages afin de repartir illico en quête d'un public sinon plus nombreux, du moins plus lucratif. Or, la cage du tigre avait été mal fermée, de sorte que celui-ci avait pris la fuite. Le petit prince ne s'en était rendu compte qu'en voulant ramoner son volcan éteint (on n'est jamais trop prudent avec ces phénomènes de la nature au caractère imprévisible). Le tigre avait trouvé refuge dans le cratère.

— Bonjour. Pourquoi te caches-tu? s'était enquis le petit prince.

— Chut! Si le directeur t'entend, il m'appellera afin que je réintègre ma cage et je ne veux pas y retourner.

— Tu peux sortir sans crainte, le cirque est reparti.

— Voilà une bonne nouvelle.

Le tigre bondit hors de sa cachette, s'étira et inspira profondément.

— Étrange, l'air paraît bien meilleur quand il n'est pas filtré par des barreaux. Le fer, je suppose.

— Pourquoi t'es-tu enfui? Tu ne te plaisais pas chez toi?

Le tigre s'assit, leva une patte, en examina les deux faces, puis entreprit d'en nettoyer soigneusement l'intérieur de sa grande langue râpeuse.

— J'en avais assez des voyages. Tout remballer et déménager au bout de deux ou trois jours, on n'imagine pas combien cela peut être exténuant. Sans compter ces exercices qu'il faut perpétuellement répéter. Quel ennui! De brèves vacances ne pourront que me faire du bien.

Il regarda autour de lui.

— Ces volcans ont du chien. Par contre, ta planète manque de verdure. Je préfère les végétations plus luxuriantes. Elles me rappellent ma jungle natale. Enfin, il faut savoir se contenter de ce que l'on a.

— Tu m'excuseras, fit le petit prince, j'ai du travail.

— Je t'accompagne. J'ai besoin de me dégourdir les pattes. L'habitude de marcher en ligne droite se perd facilement en cage, à force de tourner en rond.

Ainsi que vous le savez, Monsieur de Saint-Exupéry, le petit prince pratiquait en quelque sorte la lutte biologique avant la lettre en recourant aux services d'un mouton — précisément celui-là qui vagabondait autour de nous — pour venir à bout des plantules de baobabs qui menaçaient constamment d'envahir son astéroïde. Chaque soir, le petit prince le ramenait scrupuleusement dans sa caisse, d'une part parce que les animaux de cette espèce apprécient la sécurité relative d'un chez-soi où passer la nuit, d'autre part, parce qu'il redoutait que, saisi d'une fringale subite, le mouton ne broute par mégarde la fleur à laquelle il tenait tant.

Quand le tigre aperçut l'ovin, les babines lui retroussèrent en un rictus qui découvrit ses crocs.

— Décidément, cette planète recèle des surprises. Je croyais n'y trouver qu'un petit prince et voici un mouton. J'ai toujours eu un penchant pour ces tendres bêtes.

Les manières doucereuses du fauve troublaient le petit prince pour une raison qu'il s'expliquait mal, comme si elles dissimulaient un côté sombre, une menace voilée, l'ordure sous le vernis.

Une fois le mouton confortablement installé dans sa boîte, le petit prince s'en fut prendre soin de sa fleur.

— Eh bien, ce n'est pas trop tôt, se plaignit cette dernière.

La même doléance qu'à son retour d'un précédent voyage. Pas «Je suis si heureuse de te voir » ni « J'avais peur qu'il te soit arrivé du mal », juste « Ce n'est pas trop tôt ». Évidemment, c'était une rose très orgueilleuse, avec ses quatre épines. Jamais elle n'aurait avoué s'être tant soit peu inquiétée.

— Qui amènes-tu avec toi ? l'interrogea-t-elle tandis qu'il l'arrosait.

— Ce n'est qu'un tigre.

Les feuilles de la fleur frémirent malgré l'absence de vent.

— Côtoyer un tigre, inconscient ! Mais c'est très dangereux ! Vite, cache-toi derrière moi. Je te sauverai avec mes épines.

Cette réaction toucha le petit prince. Il en conclut que l'indifférence de la rose était feinte et que celle-ci tenait à lui d'une certaine manière.

Le tigre n'avait rien perdu de la conversation. Il eut un rire cruel, un rugissement presque, dont l'ivoire des canines attesta la férocité.

— Ha ! Ha ! Ha ! Une fleur qui veut se battre contre un tigre. Je n'ai jamais rien entendu d'aussi drôle.

La colère et la honte habillèrent la rose d'une parure plus cardinalice encore.

— Sachez, Monsieur, que j'ai de quoi me défendre.

Et, bombant la tige, elle darda fièrement ses épines. Le tigre s'esclaffa de plus belle.

— Riez, riez, mais ces épines ont la pointe aussi acérée que la plus effilée des aiguilles. Elles perceraient n'importe quelle carapace, eût-elle l'épaisseur de celle d'un crocodile.

— Ces épines-là contre ces griffes-ci ? ricana le félin en exhibant des griffes aux allures de cimeterre.

L'insignifiance de ses défenses devant pareilles armes n'échappa pas à la fleur qui eut néanmoins le courage de son orgueil. Elle répondit :

— Je n'ai pas peur.

Le sourire du tigre s'évanouit.

— Dommage. Vous devriez.

Et, d'un coup de griffe bien placé, il arracha une épine. La fleur ne cria ni ne gémit, tandis qu'une goutte de sève perlait à l'endroit de la blessure.

Le petit prince s'insurgea aussitôt.

— Pourquoi as-tu fait ça ? Ne voyais-tu pas que ses épines ne pouvaient rien contre toi ?

— Ta fleur est une prétentieuse. Elle n'a eu que ce qu'elle mérite, rétorqua le tigre avec mépris en léchant sa patte. Il faut apprendre à garder sa place dans la vie. Ainsi, on s'épargne bien des tracas. Elle peut se vanter d'avoir eu de la chance, crois-en mon expérience. Un autre que moi se serait montré moins magnanime et lui aurait infligé une punition plus sévère encore.

— Cela n'excuse pas ton geste. Va-t-en. Je ne veux plus te voir ici.

— Penses-tu m'effrayer ? Nous, les tigres, n'avons peur de rien, ou presque. Prends surtout garde à ne pas m'irriter. Tu n'es guère plus résistant que ta fleur. En définitive, cet astéroïde me plaît. Il y a des moutons, et quand il n'y en aura plus, il restera des petits princes. J'ai aussi cru voir des pousses de baobabs. Dès qu'elles auront grandi, ce monde me paraîtra encore plus hospitalier, car il ressemblera davantage à la jungle qui m'a vu naître.

Sur ce, le tigre gagna l'autre face de la planète, où le jour commençait à poindre, afin de s'y chauffer au soleil.

Le tigre disparu, le petit prince sécha délicatement le suc qui brillait sur la tige de sa fleur, là où l'épine s'était détachée et où la chair plus tendre transparaissait sous l'écorce.

— Laisse, dit stoïquement la rose. Le mal s'estompe déjà. Pars plutôt sans délai car, bientôt, le tigre reviendra. Il dévorera le mouton puis, lorsque la faim le tenaillera de nouveau, il te mangera à ton tour. Pas par méchanceté, simplement parce que telle est sa nature. J'aurais aimé te défendre, malheureusement il a raison, je ne suis qu'une fleur. Il faut t'en aller. Emmène le mouton avec toi.

— Mais si je fuis, que t'arrivera-t-il ?

— Oh, pas grand-chose, n'aie crainte. Sans

doute me tourmentera-t-il un peu. Les puissants sont ainsi. Ils puisent leur force dans la faiblesse d'autrui. Cependant, ne t'inquiète pas. Il ne me mangera pas. Aussi dérisoires qu'elles paraissent, mes épines lui resteraient en travers du gosier. Et puis, je dénicherai toujours bien un petit coin entre deux racines de baobabs si jamais ils deviennent trop envahissants. Va !

À ce stade du récit, le petit prince fit une pause et je vis une profonde tristesse se peindre sur son visage. Je respectai son silence, supposant qu'il songeait à sa rose, restée là-bas, à la merci du fauve. Des liens plus profonds qu'on ne saurait l'imaginer l'attachaient à cette fleur. Cela, toutefois, vous l'aviez deviné avant moi, Monsieur de Saint-Exupéry.

Parce qu'il était là, sous mes yeux, je devinai que le petit prince avait apprécié la sagesse du conseil que lui avait prodigué sa fleur.

Moi qui adorais les voyages, je brûlais de l'entendre poursuivre la relation du sien. Lorsqu'il émergea enfin de sa rêverie cependant, il ne reprit pas le fil de son récit, retombant dans ce mutisme qui, chez lui, semblait presque une seconde nature.

J'ai honte à le dire, Monsieur de Saint-Exupéry, mais afin de l'amener à se confier davantage, j'usai d'un subterfuge. Je lui reparlai de sa fleur.

Ainsi que je l'espérais, cette évocation suffit à le relancer, si bien que je pus satisfaire ma curiosité.

Après avoir écouté les recommandations de la rose, le petit prince avait empoigné la caisse enfermant le mouton endormi et emprunté une étoile qui filait par là.

Il partait, oui, mais à son corps défendant, et il se jurait bien de revenir au plus tôt afin de déloger l'intrus. Restait à déterminer comment. Le petit prince l'ignorait, aussi jugea-t-il utile de s'informer. Assurément, quelqu'un pourrait le renseigner. Il s'arrêta donc sur le premier astéroïde qui coupa sa route.

Un rapide tour d'horizon lui dévoila une végétation éparse couvrant de façon anarchique un sol rocailleux sur lequel s'étaient tant bien que mal incrustés quelques arbustes rabougris. L'astéroïde n'était manifestement pas entretenu, de sorte qu'il le crut inhabité. Il levait le pied pour repartir quand une voix aboya derrière lui :

— Pas là, malheureux !

Le petit prince suspendit son geste. Se retournant, il aperçut un homme dépenaillé, à la barbe et à la tignasse hirsutes, le nez chaussé de besicles rondes. Le nouveau venu, un écologiste qui avait fui ses semblables pour se retremper dans la nature, s'approcha.

— N'as-tu pas les yeux en face des trous ? attaqua-t-il de but en blanc. Tu as failli piétiner une *Insignifica minuscula*. Il n'en subsistait que 636 517 sur la planète au dernier recensement.

— Je suis désolé. Je ne sais même pas à quoi ressemble une *Insignifica minuscula*.

— Regarde.

D'un doigt osseux à l'ongle endeuillé, l'écologiste désigna une mousse, un point vert sur la pierre grise. Le petit prince se demanda quelle importance pouvait présenter un organisme d'une taille aussi infime, d'autant plus qu'il en existait 636 516 ailleurs sur l'astéroïde, mais il n'osa poser la question.

— Partons, dit l'écologiste. Il ne faut pas rester ici plus longtemps.

— Pourquoi?

L'homme eut un geste agacé.

— L'ombre! Nous perturbons l'écosystème en jetant de l'ombre. Avant ton arrivée, il n'y avait pas d'ombre ici. Par ta simple présence, tu prives certaines plantes de soleil. Elles risquent d'en souffrir, voire d'en mourir. Suis-moi en prenant soin d'imiter mes gestes. Chez moi, nous pourrons bavarder à l'aise sans que la nature en pâtisse.

L'écologiste prit les devants. Le petit prince éprouva la plus grande difficulté à garder son sérieux tant sa démarche était étrange. D'abord, son compagnon se penchait. Le nez à ras de terre, les lunettes menaçant constamment de glisser sur l'arête luisante de l'appendice busqué, il examinait minutieusement le sol devant lui avant de soulever le pied et d'en poser délicatement le bout à l'endroit qu'il venait d'inspecter.

De zig en zag, à cette allure de limaçon, il leur fallut près de trois heures pour franchir une distance d'à peine un kilomètre. Apparut alors une grande dalle rocheuse, lisse et nue, sur laquelle se dressait de guingois un abri rudimentaire bâti de bric et de broc. Dans un creux du roc, un peu de terre nourrissait chichement quelques carottes et radis malingres.

Exténué par sa gymnastique, l'écologiste s'assit avec un bruyant soupir.

— Je t'offrirais bien une carotte, dit-il au petit prince, mais la *Drosophila megalucifer* a tout saccagé.

— La *Drosophila megalucifer*?

— Une misérable mouche mais avec un caractère de cochon. Elle bourdonne si bruyamment qu'on a beau se boucher les oreilles, impossible de l'ignorer. Et comme elle ne souffre pas les légumes de couleur, elle s'acharne contre eux jusqu'à ce qu'il n'en subsiste plus une miette, ce qui est bien dommage car je n'aime rien tant au monde que les carottes. Mais je parle, je parle et tu ne m'as pas expliqué le but de ta visite? Que gardes-tu de si précieux dans cette caisse que tu traînes avec toi?

— Un mouton, répondit innocemment le petit prince.

L'écologiste se rembrunit.

— Là-dedans? N'as-tu pas honte? Que dirais-tu si on t'y enfermait à sa place? Les animaux sont faits pour vivre en liberté, au grand air, pas dans un tel réduit.

— C'était seulement pour le voyage, plaida le petit prince. Je vais le laisser sortir immédiatement.

À cette annonce, les cheveux de l'écologiste se dressèrent sur sa tête, lui donnant plus que jamais l'aspect d'un hérisson.

— Introduire une espèce dans un habitat étranger au sien! Où as-tu la tête? C'est courir à la catastrophe.

— Tu ne sais pas ce que tu veux, lui fit remarquer le petit prince. Tantôt tu me reproches de l'enfermer, tantôt tu refuses que je lui rende sa liberté.

— Pas ici. Sur la planète d'où il vient.

— C'est impossible, il y a un tigre. Je dois d'abord m'en débarrasser.

— T'en débarrasser! Alors qu'il n'en existe qu'un? Ne te rends-tu pas compte que tu condamnes l'espèce à l'extinction?

Le petit prince commençait à en avoir assez de ces reproches. Il doutait que quelqu'un qui répugnait à écraser une mousse microscopique et laissait un moucheron dévorer ses légumes lui soit d'une grande utilité. Néanmoins, il persévéra.

— Si je ne fais rien, le tigre dévorera mon mouton.

— Cela va de soi. Comme la plupart des carnivores, les moutons s'inscrivent à son régime.

— Oui, mais je n'en ai pas d'autre. S'il le mange, il n'y en aura plus.

— Évidemment, évidemment. Cependant, il ne te revient pas de choisir. Crois-en mon expérience. Mieux vaut laisser la nature suivre son cours. D'ailleurs, le mouton mangé, le tigre sera bien contraint de quitter la planète s'il ne tient pas à mourir de faim. En somme, ton problème s'en trouvera résolu.

Pareille solution n'emballait pas outre mesure le petit prince car, sans mouton, qui l'aiderait à freiner la progression des baobabs ?

L'écologiste se lança dans un savant discours sur les dangers de jouer les apprentis sorciers, insistant sur le fait que la nature savait mieux que quiconque ce qui lui convenait. Durant ce réquisitoire, le petit prince songea au jardin de son hôte et aux carottes dont il raffolait mais qu'il ne mangerait pas, à cause d'un insecte auquel il ne voulait pas faire de mal. Il remercia l'écologiste de ses conseils et de son hospitalité, puis lui souhaita le bonsoir et sauta sur la première comète venue.

La deuxième planète qu'il rencontra en chemin ne ressemblait en rien à la première.

D'énormes panneaux multicolores et lumineux couvraient la totalité de sa surface. Ils étaient si nombreux qu'à peine restait-il de la place où poser le pied.

«C'est encore pire que les baobabs», pensa le petit prince.

— Laisse-moi deviner, fit une voix de stentor derrière lui. Tu aimerais un portemanteau à rallonge!

Le petit prince se retourna. Un homme en complet à carreaux et à la cravate décorée de personnages de dessins animés l'éblouissait d'un sourire dévoilant des dents étincelantes de blancheur.

— Je n'ai pas besoin de portemanteau à rallonge.

— Allons donc, ce n'est pas à un vieux publicitaire qu'on apprend à faire la réclame. Tu peux avoir confiance en moi, dans quelques semaines, personne — et je dis bien personne — ne sortira sans son portemanteau à rallonge. Je sais, je sais, en ce moment la demande est plutôt maussade. Cependant, le portemanteau à rallonge est une valeur d'avenir, tous les spécialistes sont d'accord là-dessus.

— Qui achèterait un portemanteau à rallonge s'il n'a pas de manteau à y accrocher? objecta le petit prince.

— Là n'est pas l'important. Les gens n'achètent pas nécessairement ce qui est utile, mais ce dont ils croient avoir besoin. Mon travail consiste précisément à les convaincre qu'ils ne peuvent se passer d'un portemanteau à rallonge. De cette façon, ils se précipiteront afin de s'en procurer un.

— Moi, ce sont les tigres qui m'intéressent.

— Les tigres?

Le publicitaire se gratta la tête.

— De toute ma carrière, je crois bien n'avoir encore jamais dirigé de campagne publicitaire sur les tigres. Les écharpes électriques, oui. Les planches à repasser à roulettes aussi, mais les tigres, jamais. C'est un nouveau créneau, totalement inexploité.

Il soupira.

— Voilà le hic. Choisir le produit idoine est moins aisé qu'on l'imagine. Il y a tant à faire avec les articles que les gens ne demandent pas parce qu'ils ignorent en avoir besoin que s'occuper de ceux qu'ils réclament devient impossible. Je suis désolé, mon petit, je ne puis t'aider. Mon stock de tigres est au plus bas en ce moment. Je n'en ai aucun à t'offrir.

— Je ne veux pas de tigre, rectifia le petit prince, j'en ai déjà un. Je cherche à m'en débarrasser.

Cette fois, le visage du publicitaire s'illumina.

— Ah! Voilà qui change tout. Voyons, il suffirait de monter une campagne pour prouver aux gens combien les tigres sont à la mode. Je conçois fort bien un battage monstre, à la grandeur de l'univers, très médiatisé, avec les vedettes les plus populaires de l'heure — annonces dans les journaux, présentations à la télévision, panneaux sur les principaux axes intersidéraux. Bientôt, je te le garantis, chacun sera persuadé que, sans tigre, la vie ne vaut pas la peine d'être vécue. Dès lors, tes tigres se vendront comme des petits pains, on se les arrachera.

— Je n'en ai pas plusieurs à vendre. Il n'y en a qu'un sur ma planète.

— Oh! Eh bien, ne te tracasse pas, nous en trouverons d'autres. Nous dépêcherons des expéditions partout avec pour mission de capturer des tigres, encore des tigres, toujours plus de tigres. Dans un an, le monde entier te connaîtra sous le surnom de «Roi du tigre».

La fièvre qui menaçait de consumer le publicitaire s'éteignit subitement et il redevint pensif.

— Au fait, à quoi sert un tigre, exactement?

Ce fut au tour du petit prince de soupirer.

— À rien. Ça mange des moutons et ça dort le reste de la journée.

— Ce n'est pas grave. Il est plus facile de vendre quelque chose de vraiment inutile. Plus les objets accumulent la poussière et plus les gens s'en encombrent. Ils en achètent des tas

uniquement pour se pavaner ou faire la nique à leur voisin.

— Pourquoi les gens s'embarrasseraient-ils d'un tigre? Où le mettraient-ils?

— Faut-il que tu compliques toujours tout? Un tigre prend si peu de place. On le range n'importe où, dans un moteur ou une boîte de céréales, que sais-je? Mais... Qu'est-ce que je raconte là? C'est complètement idiot. Attends, laisse-moi étudier la question un instant.

Le publicitaire s'enfonça dans une profonde réflexion.

Constatant qu'il ne lui accordait plus la moindre attention, le petit prince s'en alla. Décidément, il n'aurait jamais cru que se débarrasser d'un tigre pût être si compliqué.

De comète en météore, le hasard l'amena sur une troisième planète presque entièrement recouverte de feuilles de papier. Il y régnait aussi un vacarme infernal: des bruits d'engrenages qui cliquetaient, de dents qui s'entrechoquaient, de mécanismes qui s'enclenchaient. Le petit prince fit sortir le mouton de sa caisse afin qu'il se dégourdisse les pattes et chercha l'origine du tintamarre. Il émanait d'une monstrueuse machine dont les dimensions auraient fait verdir de jalousie un baobab. Un gros homme en blouse blanche s'activait à un pupitre, devant un écran, et laissait filer ses doigts sur les touches d'un clavier.

À l'extrémité opposée, l'engin vomissait une interminable feuille de papier.

Curieux, le petit prince s'approcha.

— Bonjour. Que fais-tu?

— Je calcule, fit l'homme sans lever le nez de son travail.

Ses mains papillonnèrent au-dessus des petits dômes ivoirins, butinant lettres et chiffres pour faire naître sur la surface fluorescente de cabalistiques formules, chenilles mathématiques que la machine ingurgitait avidement en un gargouillis de satisfaction informatique.

— Que calcules-tu?

— Un tas de choses. Si les esquimaux mangent plus de crème glacée en été qu'en hiver, ou si les grenouilles coassaient plus fort le printemps dernier que dix ans auparavant, par exemple.

Le petit prince s'esclaffa.

— Quelle drôle d'idée. Pourquoi?

— Parce que je suis statisticien, c'est mon métier.

— Tu fais un métier bizarre. Que sert de savoir si les grenouilles font plus de bruit aujourd'hui qu'il y a dix ans?

— Le fait qu'elles soient plus bruyantes n'a pas tellement d'importance. C'est ce que cela implique qui est important.

— Je ne comprends pas.

— Eh bien, sachant que les grenouilles coassent davantage, on peut formuler toutes sortes de prévisions. Les gens pourraient éprouver plus de difficulté à dormir la nuit à cause du tapage, notamment. Ils se sentiront donc plus fatigués le matin et travailleront moins bien. Leur production en souffrira, ce qui entraînera une diminution du revenu national. Si on n'y remédie pas assez tôt, le pays pourrait se retrouver acculé à la faillite. Ou encore, plus de gens se procureront des boules afin de se boucher les oreilles et d'échapper au tumulte. Il faudra élever plus d'abeilles pour obtenir la cire nécessaire à la fabrication des boules. En trop grand nombre, les abeilles pourraient perturber le trafic aérien, avec les conséquences désastreuses qu'on devine pour le tourisme et le commerce international.

Le petit prince écarquillait les yeux d'étonnement. Qui eût cru que le simple fait de coasser pût avoir des répercussions si dramatiques.

Heureux d'avoir à sa disposition un auditoire si attentif, le statisticien poursuivit allégrement son exposé, sans cesser de nourrir son monstre de sa pâtée cathodique.

— Les gens adorent compter, jauger, comparer. Ils se demandent constamment si les radis poussent mieux chez eux que dans le pays voisin, ou si la population y a les cheveux plus longs ou moins courts. La statistique permet de l'établir. Grâce à elle, on peut discerner les problèmes longtemps avant qu'ils surgissent et adopter sans délai des mesures en vue de les régler.

Le petit prince sourit.

— Par conséquent, si j'ai un problème, tu pourrais m'aider à le résoudre?

— On peut tout dire, tout faire avec des statistiques, pontifia le bonhomme en arrondissant avantageusement le ventre. Quel problème?

— J'ai un tigre un peu encombrant dont j'aimerais me défaire.

Le statisticien s'empêtra dans ses doigts.

— Un tigre? Juste un?

— Oui.

— C'est peu. Il en faudrait davantage.

— Je n'en ai qu'un et il est déjà de trop. Je ne vais quand même pas aller en chercher d'autres pour te faire plaisir, raisonna le petit prince.

— Hum! Non, cela va de soi. Et ce tigre, tu l'as depuis longtemps?

— Pas tellement.

— Aha! On peut donc en conclure que la population de tigres a doublé en moins d'un an. Combien d'habitants vivent sur ta planète?

— Les roses et les moutons entrent-ils dans tes calculs?

— Non.

— Un, alors. Il n'y a jamais eu personne d'autre que moi.

— Mmmh. Voilà qui ne me rassure guère.

La population est stationnaire avec un rapport d'un tigre par habitant. Eh bien, grâce à la statistique, déclara-t-il en tirant d'un air fat sur les rabats de son col comme s'il s'agissait de bretelles, je prédis qu'à ce rythme, dans dix ans, ta planète comptera 1 024 tigres par habitant. À mon avis, il serait sage de partir sans tarder.

Le petit prince protesta.

— Déménager ! Abandonner ma planète ! C'est absolument hors de question. Je m'y plais beaucoup, les couchers de soleil y sont très jolis. Et puis, je ne crois pas que ma rose apprécierait l'idée de la quitter, elle y est très attachée, sans doute parce qu'elle y a ses racines.

— Dans ce cas, je ne vois pas d'autre solution que de ralentir la croissance de la population de tigres avant qu'il soit trop tard.

— Ça, c'est une bonne idée. Comment dois-je faire ?

Le statisticien se gratta pensivement le bout du nez, qu'il avait très long.

— Les tigres n'arrêteront pas de se multiplier sans raison sérieuse. Peut-être que si on leur faisait peur...

— Les tigres n'ont peur de rien, se désola le petit prince.

— Inexact. Si ma mémoire est bonne, au dernier recensement, plus d'un tigre a déclaré craindre les chasseurs.

Le petit prince sentit l'espoir renaître.

— Sais-tu où je pourrais en trouver un?

— Non, mais on peut facilement y remédier. Il suffit de rédiger un questionnaire demandant aux gens quel est leur métier, puis d'envoyer des enquêteurs recueillir les réponses. Ensuite, il n'y aura qu'à identifier les personnes qui ont déclaré «chasseur de tigre» pour profession en notant la planète où elles vivent, et à saisir les données dans la machine, qui nous révélera la population moyenne de chasseurs de tigre sur chaque planète. Il ne restera qu'à retenir celle où la probabilité d'en découvrir un est la plus grande.

— Combien de temps cela prendra-t-il?

— En commençant immédiatement, pas plus d'une dizaine d'années.

— Dix ans! Mais j'ai besoin d'un chasseur de tigre maintenant, pas dans dix ans.

— C'est le drame du statisticien. Les préparatifs exigent tant de temps que les résultats sont désuets avant même qu'on les obtienne.

À cet instant, la machine, sevrée depuis le début de leur conversation, émit un râle et rendit l'âme dans un hoquet de frustration mécanique. Après tout ce bruit, le silence était assourdissant. La panique s'empara du gros homme, qui s'empressa de la remettre en marche en reprenant son pianotage avec la frénésie d'une fourmi dont on vient de saccager le nid, trop obnubilé par cette tâche vitale pour s'inquiéter davantage du petit prince. Celui-ci le laissa donc à ses extrapolations.

Avec la quantité incroyable de papier qui jonchait la planète, le mouton s'était totalement fondu dans le paysage. À force de patience, le petit prince le dénicha qui mastiquait avec application de ces feuilles de salade blanche abondantes et insipides au risque, par sa voracité, de fourvoyer le statisticien dans ses savantes analyses en lui faisant confondre grenouilles et esquimaux. Il lui fit réintégrer prestement sa caisse et reprit son périple.

Bien que son problème demeurât entier, il avait appris du nouveau. Pour se débarrasser du tigre, il lui faudrait solliciter les services d'un chasseur. La difficulté était qu'il n'avait pas le moindre indice de ce à quoi ressemblait un chasseur, encore moins un chasseur de tigre!

Peut-être quelqu'un éclairerait-il sa lanterne sur l'astéroïde suivant.

Le petit prince y découvrit un homme au visage marmoréen, assis très raide à son bureau, face à quatre impressionnantes piles de papier respectivement marquées «urgent», «très urgent», «très, très urgent» et «plus urgent du tout». La dernière dépassait de beaucoup les trois autres et menaçait à tout moment de s'écrouler. À son arrivée, l'homme saisit une liasse du premier tas et la déposa sur le deuxième, puis il en déplaça une autre du deuxième au troisième paquet et répéta les mêmes gestes avec les deux derniers.

Le petit prince s'avança, intrigué.

— Bonjour, fit-il aimablement.

— Bonjour, répondit l'homme sans lever la tête.

— Es-tu chasseur de tigre?

— Malheureux! s'écria-t-il. Surveille ton langage. On ne dit pas un chasseur de tigre mais une personne qui chasse le tigre. Les chasseresses sont très pointilleuses là-dessus. Et pour satisfaire ta curiosité, non, je ne chasse pas le tigre, je suis gestionnaire.

Le gestionnaire se livra une nouvelle fois à son incompréhensible manège avec les documents empilés devant lui. Le petit prince attendit patiemment qu'il ait terminé avant de laisser son naturel curieux reprendre le dessus. Il demanda:

— Qu'est-ce qu'un gestionnaire?

— Un gestionnaire? Voyons euh... Eh bien, euh... c'est une personne qui euh... qui... qui gère. Voilà.

— Je ne comprends pas.

L'homme fronça les sourcils, tapota son bureau avec un crayon, se racla la gorge.

— Je vais te donner un exemple. Suppose que tu cherches quelqu'un qui soigne des personnes qui ont des problèmes de santé...

— Tu veux dire des malades?

— Aïe, aïe, aïe! Si on t'entendait. Ne sais-tu donc rien? Aujourd'hui, plus personne n'est malade, on a des problèmes de santé. Et ne m'interromps pas ainsi à tout bout de champ.

— Pardon.

— Bon... Où en étais-je? Ah oui. Eh bien, imagine que tu n'aies pas le temps de t'en occuper. Tu pourrais confier ce travail à un gestionnaire afin qu'il s'en charge à ta place.

Le petit prince se félicita de s'être arrêté sur cette planète. Quelle chance inouïe d'être tombé sur un gestionnaire! Bientôt, ses ennuis feraient partie du passé.

— Tu veux dire qu'il suffirait que je te le demande pour que tu m'indiques où trouver un chass... euh, une personne qui chasse le tigre?

L'homme toussota.

— Hum. Ce n'est quand même pas aussi simple que cela. Il y a des formalités à respecter.

— Ah?

— Oui. Il te faudra d'abord remplir un formulaire AZ270350$_{bis}$ en trois exemplaires et en faire parvenir une copie au conseil d'administration, une deuxième au contentieux et la dernière au centre de responsabilité, qui l'étudieront en vue de l'approuver. Si elle est sanctionnée, ta requête sera communiquée au comité de gestion chargé d'en établir la priorité. Cela fait, il ne restera au directeur de l'exploitation qu'à la transmettre au gestionnaire approprié.

— Est-ce que cela demandera du temps?

— Guère plus de trois mois, peut-être même moins.

— C'est que je suis pressé. J'aurais besoin d'une réponse sur-le-champ. Puisque tu es toi-même gestionnaire, ne pourrais-tu pas m'aider?

— Euh... C'est tout à fait irrégulier. Les personnes qui chassent le tigre n'entrent pas dans mes attributions. Et puis, il y a des procédures à suivre, une filière hiérarchique à remonter. Si tout le monde agissait à sa guise, cela deviendrait vite une filière anarchique. L'univers sombrerait dans le chaos et, de toute manière, le temps m'est compté. Je suis très occupé. Ne vois-tu pas ce travail qui m'attend?

Énervé, le gestionnaire s'empara d'un paquet de feuilles et le déplaça, après quoi il se baissa, ramassa un cahier placardé d'étiquettes rouges qui gisait par terre, à côté de lui, et le déposa sur la pile «urgent».

— Pourquoi fais-tu cela?

— Un gestionnaire efficace doit savoir s'organiser s'il ne veut pas mourir à la tâche. Une solide planification, tel est le secret de la réussite dans cette profession. Malheureusement, planifier accapare tout mon temps. Il ne m'en reste plus assez pour les travaux urgents. C'est pourquoi ils deviennent de plus en plus urgents jusqu'à ce que leur délai d'exécution soit passé. Alors, ils ne le sont plus du tout. Ne t'en fais pas cependant, il en arrive sans cesse de nouveaux. Au fait, pardonne ma curiosité, mais que gardes-tu dans cette caisse?

— Un mouton, répondit le petit prince.

Le gestionnaire eut un cri d'effroi.

— Cette vermine! Cette engeance! Cette espèce maudite entre toutes! Ignorerais-tu que la simple vue d'un mouton plonge un gestionnaire, même aguerri, dans une sorte de transe, une hystérie énumérative qui se termine par une léthargie dont peu réchappent? Des entreprises jadis florissantes ont périclité en l'espace d'une journée parce que des gestionnaires trop sûrs d'eux ont cru pouvoir résister à l'influence pernicieuse de ces bêtes maléfiques. On les a découverts à leur bureau, réduits à l'état de légume, l'esprit éteint telle une bougie dont on aurait mouché la flamme, des borborygmes incompréhensibles sortant de leur bouche grande ouverte. File. Va-t-en d'ici avant que je succombe.

Le petit prince obéit vivement, étonné qu'un animal de si benoîte nature cachât un aussi redoutable travers, mais évidemment, il n'avait pas la science d'un gestionnaire.

Ici, le petit prince rompit une fois de plus le fil de son récit.

Qu'un si petit bonhomme montre autant d'imagination défiait l'entendement. Peut-être est-ce pourquoi, Monsieur de Saint-Exupéry, le sentiment qu'il disait la vérité commença à se frayer un chemin dans mon esprit, en dépit des assauts furieux qu'en subissait la logique.

Le jour déclinait. Pour distraire mon jeune compagnon, je lui proposai d'assister au coucher du soleil. La taille minuscule de l'atoll avait ceci d'intéressant qu'après avoir vu l'astre émerger glorieusement de l'océan d'un côté, on pouvait le regarder s'y dissoudre sur la rive opposée au terme de son parcours brûlant d'orient en occident.

— Ça me rappelle mon astéroïde, déclara le petit prince, sauf que chez moi, il n'est pas nécessaire d'attendre si longtemps que le soleil se couche.

À ce souvenir, il s'enfonça dans une profonde mélancolie. Sans doute songeait-il à sa rose et aux dangers qui la guettaient: le tigre, bardé de crocs et de griffes auxquels ne résisteraient pas ses frêles épines, et les baobabs, qui en profitaient pour grandir sans vergogne et tout envahir, la privant par leur sans-gêne coutumier des rayons d'or célestes nourriciers.

Cabotin, le soleil s'abîma dans les flots sans ménager les effets de scène, rappelant sa prodigalité à qui voulait bien l'admirer par une sortie côté jardin haute en couleur. Les vagues ourlées d'écume se coiffèrent d'ambre et de vermeil; à l'horizon, l'azur et le carmin livrèrent bataille avant que le linceul de la nuit n'éteigne les feux de leur discorde; des milliers d'étoiles piquèrent de leurs joyaux étincelants le dais de velours sombre qui couvrait nos têtes tandis qu'au loin coulait paisiblement la rivière de diamants de la voie lactée.

— Laquelle est ta planète? voulus-je savoir.

J'espérais qu'il m'indiquât un point, une direction. Cependant, il ne daigna pas lever le bras.

— Quelle importance? Quand on est loin, chez soi, c'est toujours là, philosopha-t-il en se touchant la poitrine à l'endroit où battait le cœur.

J'approuvai en silence. Autant j'avais apprécié mon voyage malgré ses aléas, autant j'aurais éprouvé une grande joie à revoir ma chaise, mon bout de jardin, mon coin de ciel gris.

—Tu sais, fit-il tout à coup, j'ai connu quelqu'un qui te ressemblait autrefois. Lui aussi avait perdu son chemin et, le soir, nous contemplions les étoiles à la façon dont nous le faisons maintenant. Elles étaient ses amies les plus fidèles dans la solitude du désert.

Il parlait de vous, bien sûr, Monsieur de Saint-Exupéry, et me demanda à brûle-pourpoint de vos nouvelles. Je fus peiné de ne pouvoir lui en donner. Il s'étonna que je ne vous connaisse point. Je lui expliquai que la Terre était vaste, qu'elle fourmillait d'êtres humains. Prétendre connaître chacun eût été présomptueux, vouloir y arriver eût nécessité plus d'une vie.

Afin de le sortir de son humeur morose, je l'interrogeai de nouveau, m'enquis s'il avait visité d'autres planètes avant d'atteindre la nôtre.

— Deux, répondit-il. Et sur la première, j'ai découvert une rose.

C'était un astéroïde de moyenne envergure. Plus spacieux que le sien, quoique pas assez pour interdire qu'on en accomplisse le tour par le seul artifice de ses jambes. Une ligne bicolore le divisait en son centre et la rose poussait exactement sur cette ligne.

À peine eut-il atterri qu'un homme vêtu de vert de pied en cap l'accosta.

— Halte-là! Vert ou rouge? questionna-t-il d'un ton péremptoire en pointant un tube de métal vers lui.

Croyant que le nouveau venu parlait de son accoutrement, le petit prince répondit « vert » machinalement.

Un sourire détendit le visage de Levert, qui abaissa son bâton.

— Désolé, camarade. Tu me pardonneras, mais prudence est mère de sûreté. C'est ta tenue de camouflage qui m'a induit en erreur.

Le petit prince s'examina. Il portait l'habit et la cape qu'il enfilait souvent lorsqu'il partait en voyage.

Levert aperçut la caisse et son regard se durcit.

— Que caches-tu là-dedans?

— Un mouton.

Le bâton se releva perceptiblement.

— Ah! De quelle couleur?

Le petit prince rit de bon cœur.

— Blanc! De quelle couleur veux-tu qu'il soit.

— Ha! Ha! Suis-je sot, s'esclaffa Levert à son tour d'un rire un peu jaune. C'est bon.

— Et toi, qu'as-tu là? s'informa le petit prince en désignant l'instrument que l'étrange personnage tenait à la main.

— Un fusil de chasse, cela va de soi.

La réponse enthousiasma le petit prince. «Enfin un chasseur», se réjouit-il.

— Chasses-tu le tigre?

— Le tigre? Non. Les rouges me suffisent.

Le petit prince baissa les épaules de déception. N'y arriverait-il donc jamais?

— Marchons, je dois patrouiller la frontière.

Ils longèrent la ligne verte et rouge en silence quelque temps jusqu'à ce qu'apparaisse la rose.

Il s'agissait d'une très jeune rose que la pudeur et la timidité cloîtraient encore dans son bouton. Levert lui jeta un regard soupçonneux.

— À ton avis, camarade, vert ou rouge?

— Je n'ai jamais vu de rose verte, avoua honnêtement le petit prince. Des jaunes, oui. Ou des blanches. Mais des vertes, jamais.

— Alors, tant pis pour elle.

Et d'un geste rageur, l'homme écrasa la fleur de sa grosse botte verte.

Dans un cri d'effroi, le petit prince s'agenouilla pour la secourir. En vain. Les coups en avaient rompu la tige à plusieurs endroits. Jamais ses lèvres veloutées ne boiraient la rosée du matin, jamais elle ne s'ouvrirait à la caresse du soleil.

— Pourquoi as-tu commis une chose aussi horrible? accusa le petit prince, la voix chevrotante.

— Elle ne pouvait être verte, tu l'as affirmé toi-même. C'est donc qu'elle appartient aux rouges.

— Quelle stupidité!

— Insinuerais-tu qu'il y a plus important que la couleur?

— Certainement, ne serait-ce que la tendresse et l'amitié.

Les sourcils de Levert s'infléchirent, labourant son front de sillons. Il redressa à moitié son fusil.

— Tu tiens là des propos bien subversifs pour un vert, l'ami. Serais-tu de mèche avec l'ennemi?

— De qui parles-tu?

— Des rouges, évidemment.

— Pourquoi leur en vouloir à ce point? Que t'ont-ils fait?

— Rien. Ils sont rouges et moi vert. La nature est seule à blâmer. Les verts n'aiment pas les rouges, qui le leur rendent bien. Tout est tranché, parfaitement net, telle cette ligne qui nous sépare. Il n'y a que toi qui sème la confusion. Je crois que tu ferais mieux de partir avant qu'il ne t'arrive un ennui, camarade.

Le petit prince aurait voulu convaincre Levert qu'il se trompait. Il comprit néanmoins qu'aussi généreux et courageux qu'il puisse être, le cœur s'avère impuissant devant les esprits obtus lorsqu'ils usent de la servilité de l'acier pour parvenir à leurs fins. Il se résigna donc et s'en alla.

L'expérience l'avait profondément éprouvé. Quiconque n'a jamais connu la haine, vous en conviendrez avec moi, Monsieur de Saint-Exupéry, ressortirait pareillement bouleversé d'une telle rencontre. Certes, le petit prince avait déjà croisé la bêtise, la méchanceté également, car nul n'est parfait en ce bas monde, mais jamais encore une intolérance aussi viscérale, si chevillée aux fibres de l'âme.

Le choc et la stérilité de sa quête le poussèrent à chercher un endroit accueillant où reconstituer ses forces en se reposant un instant.

Il fixa son choix sur une planète moquettée de verdure que constellaient des fleurs multicolores. Des chorales d'oiseaux rivalisaient scherzando dans la ramure des hauts arbres et les ruisseaux riaient en glissant sur les galets qui parsemaient leur lit.

Le petit prince s'allongea sur l'herbe et s'assoupit presque aussitôt, épuisé par ses tribulations.

Un chatouillement sur sa joue le tira de son sommeil. Il ouvrit les yeux. Dans son champ de vision se dessina le minois d'une petite fille.

— Bonjour, fit celle-ci.

— Bonjour, répondit le petit prince en s'asseyant.

— Tu dormais si bien. Je ne voulais pas te réveiller. J'ai attendu et puis, «Voilà un garçon que je n'ai jamais vu, ai-je pensé. Qui est-il?» Je n'en pouvais plus de curiosité. Alors j'ai effleuré ta joue et tu as ouvert les yeux. D'où viens-tu?

Le petit prince leva le bras, désigna un coin du ciel.

— De loin. Par là.

— Ta planète ressemble-t-elle à la mienne?

— Oh non! Il n'y a qu'une fleur, mais j'ai trois volcans, et un tigre aussi.

Les yeux de la fillette s'agrandirent et elle porta les mains à la bouche.

— Un tigre! Mais c'est terrible. Tu dois être très brave pour vivre en pareille compagnie.

Le petit prince rougit. Eût-il eu ce courage, il serait resté là-bas pour tenir tête au fauve, même si c'était la fleur qui l'avait encouragé à partir.

— Pas vraiment, avoua-t-il sans malice, honteux de sa faiblesse. Je craignais qu'il dévore mon mouton, alors je suis parti à la recherche d'un chasseur qui m'aidera à m'en débarrasser.

— Tu n'en verras aucun ici. Il n'y a que moi sur cette planète. Enfin, il n'y avait que moi, rectifia-t-elle, le rouge aux joues, puisque te voilà.

Le petit prince se leva et épousseta sa cape. La journée n'aurait pu resplendir davantage.

— Pourquoi ne laisses-tu pas gambader ton mouton? Nous pourrions nous promener en bavardant durant ce temps.

Sitôt sorti de sa caisse, le mouton se fit un devoir de ramener l'herbe à une hauteur raisonnable. La petite fille s'élança dans le pré, le petit prince à ses trousses.

Ils coururent jusqu'au ruisseau qui serpentait capricieusement entre marguerites et boutons d'or et en longèrent la berge, s'émerveillant du jeu inlassablement renouvelé de l'eau qui bouillonnait de cascade en tourbillon. À un moment donné, la petite fille s'empara de la main du petit prince. Elle s'en saisit ingénument, comme si rien n'était plus naturel au monde. Le petit prince n'osa la lui reprendre. Quoique le contact le gênât, la sensation n'avait rien de désagréable. L'ambivalence de ces sentiments le troublait plus qu'il ne voulait l'admettre.

Ils déambulèrent ainsi quelque temps. La petite fille lui vantait la beauté et la quiétude des lieux, lui faisait admirer au passage une fleur particulièrement jolie, un arbre à plus noble prestance que les autres. Et force lui était de reconnaître que la planète était fort réussie. Nettement plus que la sienne qui, somme toute, devait se contenter de trois volcans, dont un éteint, d'un tigre et d'une rose. Ses pensées dérivèrent vers cette dernière et ses trois épines, protection illusoire contre les griffes tranchantes du carnassier.

— Je dois repartir, annonça-t-il, une larme de tristesse dans la voix.

— Pourquoi? N'es-tu pas bien avec moi?

Il baissa la tête.

— Si, bien sûr, mais il y a ma fleur.

— Des fleurs, j'en vois partout autour de nous. Ne te suffisent-elles pas?

— C'est différent. Aucune ne ressemble à la mienne. Elle est orgueilleuse, téméraire aussi, et il arrive qu'elle se vante trop, mais ses défauts sont justement ce qui la rend si chère à mes yeux. Et puis, elle doit se languir toute seule là-bas, même si elle ne le concédera jamais.

— Je resterai seule moi aussi et je m'en-nuierai si tu t'en vas.

— Mais tu n'as pas besoin de moi pour te défendre. Ma rose, si. J'en ai la responsabilité.

La petite fille détourna les yeux.

— Elle ne connaît pas son bonheur. Ne peux-tu rester plus longtemps ?

— Non, je n'ai que trop tardé déjà. Il me faut encore découvrir un chasseur de tigre.

— Bonne chance, alors. Prends garde à toi. Tu me manqueras. Reviens me voir dès que ta fleur sera hors de danger.

Le petit prince le lui promit.

Il rattrapa son mouton, qui avait profité de sa liberté pour vagabonder au gré des fleurs les plus appétissantes, et le fit rentrer dans sa caisse, puis il partit après avoir salué son hôtesse une dernière fois.

De toutes les planètes où le hasard avait guidé ses pas, celle-là fut sans contredit celle qu'il éprouva le plus de peine à laisser.

Durant le bref laps de temps pendant lequel il s'était lié d'amitié avec la petite fille, des souvenirs oubliés avaient ressurgi du fond de sa mémoire. Il s'était rappelé le renard qu'il avait apprivoisé lors d'un voyage antérieur et ce qu'il lui avait raconté des chasseurs armés de fusils qui arpentaient inlassablement la Terre en quête de trophées. Comment n'y avait-il pas songé plus tôt ?

Il bifurqua vers notre planète au premier aérolithe.

Vue de l'espace, celle-ci n'avait rien perdu de sa majesté, en robe de saphir avec sa guipure de nuages. Les lumignons qui clignotaient par milliers à sa surface lui donnaient toujours cet air de fête dont il avait jadis tant apprécié la gaieté. Cependant, faut-il le dire, Monsieur de Saint-Exupéry? En réalité, sous ce masque, la Terre avait beaucoup changé.

Les allumeurs de réverbères avaient disparu, tous remplacés par de petits boutons. Les monarques n'étaient guère mieux lotis; leur population s'était dangereusement amenuisée si bien qu'ils n'étaient plus qu'une poignée, à la joie mal contenue des présidents et des dictateurs.

Les businessmen, en revanche, pullulaient à ce point que le petit prince se demanda si le firmament contiendrait assez d'étoiles pour les satisfaire. À croire que les vaniteux avaient développé le sens des affaires! Les buveurs, eux, ne faisaient que boire davantage mais comme ils voyaient double, ils se croyaient plus nombreux. Il y avait quelque chose de miraculeux dans cette multiplication des petits verres.

Seuls les géographes tenaient ferme, avec leurs sept mille représentants. Toutefois, aurait-il pu en aller autrement avec une science si peu éphémère?

Cette fois, le petit prince choisit un autre endroit que le désert pour son atterrissage, une forêt dense et sombre, aux arbres gigantesques dont la cime effilochait les nuages trop curieux qui descendaient jusque-là par mégarde.

La sylve retentissait de mille rumeurs : stridulations, jacassements, ramages, grondements. Le petit prince allait lentement entre les colosses en habit d'écorce, frileusement drapés dans leurs châles moussus. Une multitude d'animaux peuplaient la forêt — le brouhaha environnant en témoignait — et, pourtant, il avait beau scruter les ombres entre prêles et fougères, démêler le casse-tête de lianes et d'épiphytes, le petit prince n'en apercevait aucun. On eût dit qu'ils fuyaient à son approche, alertés par les craquements des brindilles qui cédaient sous ses pas légers.

Il commençait à désespérer d'en découvrir un qui puisse le renseigner lorsqu'il avisa un serpent au détour d'un ruisseau. Alourdi par un repas trop plantureux, l'ophidien n'avait pu s'esquiver assez rapidement, même ventre à terre. En fait, sa panse était si rebondie qu'on aurait juré qu'un éléphant y avait élu domicile.

— Bonjour, le salua aimablement le petit prince en déposant sa caisse.

— Bonjour, siffla le python, désolé que la gourmandise lui joue un si mauvais tour.

— C'est drôle, rit le petit prince, tu ressembles à un chapeau.

— Ce sont des choses qui arrivent quand on a le ventre plus gros que les yeux, maugréa-t-il.

— Toi qui connais la forêt, explique-moi où sont passés les animaux.

— Ils sont là, tout autour de toi. Tu ne les vois pas parce que la crainte les pousse à se cacher.

Le sourire du petit prince disparut.

— Quelle idée ! Je ne leur veux aucun mal.

— Je sais. Quand tu t'es approché, j'ai compris que tu ne venais pas de ce monde, bien que tu ressembles à un petit d'humain. Les autres n'ont pas ma perspicacité. La distinction leur a échappé et ils ont fui. Que désires-tu ?

Le petit prince y avait mûrement réfléchi et était parvenu à la conclusion qu'un tigre le renseignerait mieux que quiconque sur ceux qui le traquaient. Il déclara donc :

— Je cherche un tigre.

— Je n'en connais pas. Néanmoins, traverse la forêt vers le nord. Au bout tu verras une savane. Je tiens de source sûre que des lions y vivent. Les familles sont parentes, peut-être en sauront-ils davantage.

Le petit prince remercia le python, reprit son fardeau et poursuivit son chemin.

Les grands arbres se distancèrent peu à peu, cédant la place à d'autres, plus petits, auxquels succédèrent des arbustes et des broussailles. Vinrent enfin les hautes herbes de la brousse.

Les lions se reposaient nonchalamment sous le couvert d'un arbre au fût énorme dans lequel le petit prince reconnut un baobab. Il se demanda si les siens avaient beaucoup grandi là-bas, sur sa planète. Il était plus malaisé de les extirper une fois qu'ils avaient atteint une certaine taille car, alors, leurs racines s'agrippaient au sol tel un mourant à la vie. Le petit prince s'approcha des félins.

— Bonjour.

— Bonjour, répondit le chef de la troupe sans chercher à réprimer un bâillement à rendre une huître jalouse. Que fais-tu dans ces parages?

— Je cherche un tigre.

Le lion haussa un sourcil, gronda:

— Un lion ne te convient pas?

— Je ne voulais pas te vexer, s'empressa de l'apaiser le petit prince. En vérité, j'aimerais l'interroger afin qu'il m'indique où trouver un chasseur.

— Hum. De chasseur, tu n'en découvriras pas à des lieues à la ronde. Nous sommes dans une réserve.

— Qu'est-ce que cela?

— Un endroit où l'on enferme les animaux.

Le petit prince regarda autour de lui, surpris.

— Je n'aperçois pourtant ni barreaux ni clôture, commenta-t-il.

Le lion secoua sa crinière.

— La cage est grande mais crois-en ma parole, c'en est une.

— Pour quelle raison vous enfermerait-on ?

— Les hommes prétendent le faire pour notre bien, pour nous protéger. Quoi qu'il en soit, mon opinion diverge de la leur. J'ai l'intime conviction que c'est pour mieux nous contrôler. L'être humain est étrange. Il ne tolère que ce qu'il parvient à asservir, y compris ses semblables. Pour lui, tout doit être structuré, ordonné, compartimenté, rationalisé. À dire vrai, il est incapable de se maîtriser. Livré à lui-même, il commet les pires excès. Une bonne dose d'orgueil se cache derrière cela. L'homme se pense le centre de l'univers, mais l'univers est si grand, lui si petit, que l'un tourne très bien sans l'autre. La constatation est cuisante, aussi passe-t-il sa frustration en embrigadant ce qui l'entoure.

— Sur ma planète, chacun est libre d'aller et venir à sa guise, sans entraves. Cependant, il est vrai que j'y vis seul, avec ma fleur et mon mouton.

— Tu as bien de la chance.

Le petit prince remercia le lion de son amabilité et repartit, laissant encore une fois au hasard le soin de le guider. Tôt ou tard, il réussirait sûrement à tomber sur quelqu'un en mesure de l'éclairer.

Il marcha ainsi longtemps avec pour seule compagnie son mouton, traversant des déserts interminables et gravissant des montagnes vertigineuses, franchissant des plaines immenses et des bois impénétrables. Si vaste était cette planète que les rencontres demeuraient rares. Un animal parfois, à d'autres occasions un humain l'aiguillaient maladroitement de leurs vagues directions.

Ses pérégrinations l'amenèrent sur une route, saignée livide de béton qui tranchait la désolation en deux. Où qu'il regardât — devant, derrière, à gauche, à droite — s'étendait à perte de vue une caillasse où quelques plantes s'acharnaient à laisser courir leurs racines et à s'épanouir dans une obstination purement végétale.

Le petit prince avançait depuis une éternité sur la blême cicatrice qui balafrait la terre, épinglé à une distance apparemment immuable entre les deux horizons, lorsque, dans son dos, une pétarade assassina le silence en un crescendo assourdissant. Un véhicule stoppa à sa hauteur, soulevant la poussière que le temps avait déposée là, et l'empuantit d'un nuage de gaz nauséabonds. S'en extirpa un homme qui s'adressa à lui avec sollicitude.

— Es-tu perdu, mon enfant?

— Non, répondit simplement le petit prince.

— Que fais-tu sur cette route déserte, qui arrive de nulle part et n'a de cesse d'y retourner, sans autre compagnie que ton ami laineux?

— Je cherche un chasseur de tigre.

La réponse désarçonna l'inconnu dont le front se couvrit de l'écriture linéaire de la perplexité.

— Je ne comprends pas, avoua-t-il comme à regret. Explique-moi.

Le petit prince s'exécuta avec grâce. Il raconta sa planète. Ses volcans, sa fleur et son mouton; l'arrivée intempestive du tigre; les bouleversements qu'elle avait entraînés; le périple qui, d'étoile en étoile, l'avait conduit jusqu'à la Terre.

L'homme l'écouta gravement, sans l'interrompre, se contentant d'opiner du chef de temps à autre. Le récit terminé, il parut réfléchir puis proposa:

— Accompagne-moi. Je ne connais pas de chasseur de tigre, mais mes amis sont légion. Tu leur répéteras ton histoire. Ce serait bien le comble si l'un d'eux ne pouvait t'aider.

Le petit prince pesa le pour et le contre et estima que la proposition en valait une autre. Il l'accepta donc, avec d'autant plus de gratitude que la fatigue du voyage lui alourdissait les membres. Désormais, il n'aspirait qu'à une chose, rentrer chez lui au plus tôt car sa fleur lui manquait terriblement.

L'homme les emmena, son mouton et lui, et les installa dans sa maison, une demeure somptueuse et démesurée où rivalisaient luxe et richesse. Son mécène convoqua aussitôt ses amis qui accoururent en grand nombre. Le petit prince répéta son récit, auquel ils prêtèrent une oreille attentive, presque avec révérence, laissant à l'occasion un hochement de tête trahir leur approbation. Par malheur, on ne recensait aucun chasseur de tigre parmi eux. D'autres curieux remplacèrent les premiers et après eux en vinrent d'autres. La maison ne désemplissait pas. Puis, ceux qui avaient déjà entendu le petit prince frappèrent à la porte pour venir l'écouter de nouveau. Jamais ils ne semblaient s'en lasser.

Parmi tous ces gens néanmoins, les chasseurs de tigre brillaient cruellement par leur absence.

Bientôt, les auditeurs du petit prince se mirent à le questionner.

— Que signifie la fleur ?

— Rien, leur répondit-il. Ce n'est qu'une plante, une rose, avec des feuilles et des épines.

Ils rétorquaient :

— Mais les roses ne parlent pas !

— C'est vrai que la mienne est particulière.

— Et le tigre ? Que veut dire le tigre ?

— C'est un tigre semblable aux autres. La vie du cirque lui pesait, il a préféré la quitter et s'installer sur ma planète.

Il arrivait que leurs interrogations soient nimbées de mystère.

— Le mouton est-il l'Agneau ?

— Il a été agneau lorsqu'il était petit. Les moutons ne le sont-ils pas tous ?

Ces explications ne leur suffisaient pas. Ils se rassemblèrent donc en petits comités afin d'analyser ses paroles.

— Le tigre exprime ce qui est mauvais en nous, affirma l'un. Au début, l'homme maîtrisait ses bas instincts, le tigre était prisonnier de sa cage. Aujourd'hui, l'être humain n'a plus aucune retenue, il se livre aux pires turpitudes.

— La rose personnifie le bien, soutenait un autre, un don précieux, fragile, qu'il faut préserver des attaques du mal. À nous de devenir des chasseurs de tigre pour débusquer et vaincre la méchanceté tapie au fond de nous-mêmes.

— L'Agneau a grandi et est devenu une robuste et vigoureuse bête. Il faut nous aussi nourrir nos qualités, affermir nos valeurs profondes, tremper notre caractère en prévision des tribulations qu'annonce le tigre.

Après des jours et des nuits de palabres, ils se tournèrent vers le petit prince pour lui exposer le fruit de leurs cogitations, le priant de les aiguiller, de leur indiquer s'ils avaient compris son enseignement.

Le petit prince les écoutait avec sa politesse coutumière avant de répéter inlassablement :

— La rose est une plante; le tigre et le mouton, des animaux.

Pourtant, ils restaient sourds à ses précisions. Jamais sa réponse ne leur donnait satisfaction, car elle paraissait trop simple. Assurément, ses paroles cachaient autre chose, une vérité si profonde, si obscure qu'elle leur échappait totalement. Ils retournèrent donc méditer sans se soucier de lui davantage.

Les jours s'écoulèrent et le petit prince en vint à la conclusion que ceux qui l'entouraient lui ressemblaient un peu, à leur manière. Eux aussi cherchaient l'insaisissable et ils avaient beau fureter dans les recoins de leur esprit, mettre leur tête sens dessus dessous, leurs efforts n'aboutissaient qu'à une impasse.

Par une nuit d'encre, le petit prince les abandonna à leurs introspections stériles, quelque peu désappointé que, dans leur fébrilité à appréhender une lumière aussi élusive que chimérique, aucun parmi eux n'ait songé à lui proposer son aide afin de mettre un terme à sa propre quête.

Une nouvelle journée tirait à sa fin, Monsieur de Saint-Exupéry, et nous n'avions aperçu aucun bateau, fût-ce un point se traînant telle une fourmi sur la fine ligne qui, au loin, cousait le ciel à la mer.

Nous cueillîmes quelques-uns des fruits que la nature nous dispensait avec sa largesse habituelle et nous assîmes sur la plage en attendant la reprise du spectacle qui nous ravissait jour après jour, au crépuscule.

Jamais nostalgie n'angoissa quelqu'un plus que le petit prince ce soir-là.

— Sur mon astéroïde, j'aime bien tirer une chaise et m'asseoir pour regarder le soleil. Quand il descend se cacher petit à petit derrière l'horizon, mine de rien, il fait des caprices et barbouille le ciel de mille déguisements.

Je lui racontai que je l'imitais d'une certaine façon chez moi, à la différence que, dans mon cas, je m'asseyais surtout pour compulser des cartes.

— L'important, soliloqua-t-il, n'est pas tant ce qu'on fait que le temps qu'on y consacre. Accorder du temps à un coucher de soleil ou à une carte, c'est un peu montrer qu'on l'apprécie, qu'on est redevable pour cet instant précieux de la vie.

Nous contemplâmes en silence l'océan avaler le globe incandescent dans une débauche d'or et de rubis en nous enivrant de lait de coco. Une grande paix m'avait envahi.

J'ignore pourquoi, mais entendre le petit prince déclarer que je ne le reverrais bientôt plus ne me surprit pas outre mesure. Il m'expliqua qu'il atermoyait depuis trop longtemps. L'image de sa fleur qui l'attendait stoïquement sur sa planète lui était par trop pénible.

Redoutant je ne sais quoi , un drame — le pire en tout cas —, je m'efforçai maladroitement de le détourner de ses projets, de le dissuader de commettre un acte que je cernais mal mais qu'il pourrait regretter par la suite.

— Et le tigre?

— Tu t'inquiètes pour moi. Il ne faut pas, me rassura- t-il, devinant le fond de ma pensée. Un grain de sable a souvent la fâcheuse tendance à s'ériger en montagne. Les problèmes les plus épineux le sont moins qu'on le croit et ont l'étrange faculté de s'évanouir comme par enchantement, quand la solution ne se présente pas miraculeusement au moment où on s'y attend le moins.

— Mais ton mouton?

L'ange qui passait m'apprit que, sur ce point du moins, j'avais vu juste.

— C'est vrai. Si je le ramène et que le tigre le dévore, je m'en voudrais le reste de ma vie de n'avoir su le protéger comme j'ai voulu défendre ma fleur.

Il formula alors une requête, que j'acceptai volontiers.

Instant magique. La nuit était tombée et les vagues déposaient en mourant à nos pieds l'offrande d'argent en fusion de la multitude étoilée qui perforait la voûte d'ébène de ses feux glacés. Une douce sérénité était descendue sur cette île du bout du monde où la fatalité s'était amusée à réunir deux êtres si différents et si semblables à la fois.

Nous nous allongeâmes sous les bras feuillus d'un palmier.

Je me fis le serment de garder l'œil ouvert quoi qu'il advienne, incapable que j'étais de m'enlever de la tête un sinistre pressentiment. Non que je prêtasse foi aux voyages intersidéraux dont le petit prince m'avait régalé ces derniers jours — la raison m'interdisait d'y voir autre chose que de savantes élucubrations, les divagations d'un imaginaire désaxé. Le désabusement qui transpirait des ultimes remarques du petit prince avait tout bonnement engendré en moi un malaise. Le bruissement des alizés dans les palmes et le friselis de l'eau s'unissant au sable eurent néanmoins raison de mes louables intentions, et je m'endormis.

Lorsque je m'éveillai le matin suivant, j'avais rendossé mon rôle premier de naufragé solitaire.

J'eus beau fouiller l'île de fond en comble — aussi ridicule que puisse paraître une telle expression en pareil lieu —, je ne décelai pas la moindre trace du petit prince. Craignant qu'il ait cherché à s'évader à la nage de cette prison aux murs liquides, je pris sur moi d'accomplir le tour de ses hauts-fonds.

C'est ainsi, immergé jusqu'à la taille, que je reconnus la silhouette du Skipskjelen voguant dans ma direction.

Son capitaine s'était juré de remettre la main sur moi coûte que coûte, dût-il consacrer le restant de ses jours à passer au crible l'archipel de récifs et d'atolls qui émaillaient le Pacifique. Il n'eut aucune peine à crocher du bout de sa lorgnette les appels galvanisés de mes bras, transformés pour la cause en sémaphores. Peu après, une chaloupe mouillait afin de me recueillir.

— Par la cambuse de la Méduse, moussaillon, s'exclama le capitaine dans son jargon coloré dès que j'eus posé le pied sur le pont, je commençais à croire que vous étiez allé taquiner la sardine avec Neptune. Allons dans ma cabine, nous y serons plus à l'aise pour causer.

Assis devant un verre de rhum, je lui narrai mes péripéties par le menu. Il m'écouta gravement, sans piper mot, et nul étonnement, nulle lueur d'incrédulité ne vint troubler son regard aiguisé de baroudeur qui en a vu d'autres lorsque j'évoquai le petit prince.

À la fin de mon récit, il remplit de nouveau nos verres à ras bord de ce feu doré dont il raffolait, tira sur sa bouffarde à en faire fondre le fourneau et, après un silence soigneusement minuté, déclara :

— J'ai pas mal roulé ma bosse sur cette diable de planète aux trois quarts couverte d'eau et j'y ai été témoin d'événements plus incroyables que vous ne sauriez l'imaginer. J'ignore qui était cet enfant, ce petit prince que vous avez rencontré, et d'où il venait, mais si vous affirmez l'avoir vu et lui avoir parlé, je n'en demande pas plus. Je vous crois. À présent, dites-moi, désirez-vous toujours aller à Kyaukpyu?

Je baissai la tête, honteux d'avoir perdu le goût de l'aventure dès la première adversité.

— Si vous le permettez, capitaine, je préférerais rentrer chez moi.

Il sourit, me tapa sur l'épaule et, sans protester, donna à l'équipage l'ordre de virer de cap.

Deux semaines plus tard, j'avais retrouvé mes savates, ma chaise et mes cartes.

Le petit prince m'avait tant parlé de vous et de son premier voyage sur Terre, Monsieur de Saint-Exupéry, que je n'eus rien de plus pressé que de me procurer vos œuvres complètes lesquelles, au risque de me répéter, ne m'étaient guère familières. La relation de votre rencontre avec notre ami commun et les aquarelles qui l'accompagnent m'ont immensément réjoui, et je les chérirai jusqu'à ce que ma vie s'éteigne à mon tour, en souvenir de ce petit bonhomme dont je partage maintenant avec vous le rare privilège d'avoir croisé les pas.

Ma lettre n'a cependant pas pour seul et unique but de vous donner des nouvelles de celui dont vous vous inquiétez. En fait, je vous écris à sa demande expresse.

Voyez-vous, le petit prince ne pouvait décemment ramener le mouton avec lui, face à la menace constante que le tigre aurait laissé planer sur sa tête. Je lui avais offert de prendre son protégé en pension. Mon jardin n'est toutefois pas bien grand. Il s'y serait vite ennuyé, lui qui disposait d'une planète entière pour folâtrer, aussi minuscule fût-elle.

D'un commun accord, nous avons donc jugé préférable de le rendre à son légitime propriétaire.

Vous constaterez qu'il a un peu vieilli, grossi également — c'est fatal, je suppose, quand on suit un régime presque exclusivement composé de baobabs. N'importe, il est en parfaite santé, notre ami en a pris grand soin. Je vous le retourne dans sa caisse, le petit prince n'en aura plus besoin, et les services postaux sont si pointilleux de nos jours qu'ils refusent de livrer le moindre article s'il n'est pas glissé dans l'emballage approprié.

Peut-être reverrez-vous le petit prince avant moi. Advenant ce cas, Monsieur de Saint-Exupéry, saluez-le chaleureusement de ma part et dites-lui qu'il me manque autant qu'il vous a manqué.

J'ose seulement espérer qu'il aura gardé de moi un aussi vivant et agréable souvenir que de vous.

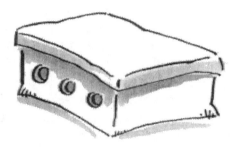